APRÈS LA VALSE

UN ACTE EN VERS

PAR

Louis-Adrien-LEVAT

MEMBRE DE LA SOCIÉTÉ DES AUTEURS DRAMATIQUES

APRÈS LA VALSE

UN ACTE EN VERS

PAR

Louis-Adrien-LEVAT

MEMBRE DE LA SOCIÉTÉ DES AUTEURS DRAMATIQUES

DISTRIBUTION

Un Monsieur. | Une Dame.

PLANTATION

(Le théâtre représente un salon coupé en deux travées par un paravent finissant un peu loin de la rampe ; deux portes, psyché, console, flacon d'odeur, fleurs, papier à cigarette, fenêtre côté cour, deux canapés symétriques, guéridon avec pendule).

SCÈNE I

UNE DAME

(Elle arrive, en costume de bal avec liserés de fleurs, par la porte de gauche, décolletée, fleurs dans les cheveux, éventail).

MADAME

Oh ? ce monde, ces fleurs, ces lustres !..

(Elle se laisse choir sur le canapé de gauche).

SCÈNE II

UNE DAME, UN MONSIEUR

(Un monsieur en habit noir, claque avec gants blancs arrive par la porte de droite, gilet à transparent.)
(Il dépose son claque sur la console)

MONSIEUR

      Cette danse
M'a donné mal de tête. Il faut que je commence
 (Il se regarde dans la glace)
A me moins prodiguer. Sinon ce cheveu noir
Pourrait bien s'émailler d'un filet blanc. Ce soir
Je ne valserai plus..., pour filer à l'Anglaise...
Pour moi le cotillon devient par trop banal,
Et puis dans ces salons on est mal à son aise,
Surtout lorsque l'on cherche en vain son idéal.

Pourtant ma cavalière était plus que troublante :
Une taille superbe, une gorge enivrante
Et, brochant sur le tout, une traîne où les fleurs
Semblaient avoir semé de magiques couleurs.
Après un tel duo, j'irai donc, par le vide,
Entraîner dans le flux du tourbillon rapide
Une danseuse laide et veule et sans contours !..
Qui me dégoûterait de danser pour toujours.
Non ! il ne sera pas dit que je dégénère ;
Celle-là me plaisait, toute autre cavalière
Me laisserait très froid... Mais je suis éreinté !
Amour ou lassitude ? Hommage à la beauté !

(S'approchant du canapé)

Ce canapé me tend les bras comme une femme,
Plus sûr et moins trompeur !

(Il s'allonge)

Parfait ! Un vrai dictame !

MADAME

(Se levant du canapé)

D'où vient que je ne puis dormir dans ce boudoir ?
Je suis venue exprès : Mais, fuyant mes paupières,
Morphée a dissipé mes songes éphémères.
J'aurais été si bien ! et sur cet accoudoir
Mon bras meurtri par l'or, fatigué par l'étreinte
De ce lourd bracelet, se serait allangui...

(Prêtant l'oreille)

Ai-je entendu parler ? ou serait-ce la crainte
De ne pas être seule ? O danse de Saint-Guy,
Tu ne me prendras plus dans tes réseaux de pieuvre !

Ce joli reposoir, pour moi c'est un chef-d'œuvre

    (Examinant les lieux)

Et qu'on est bien ici — quand on a tant valsé !
Le cavalier charmant que j'avais enlacé
Me revient à l'idée. O bizarre caprice !
J'ai souffert de valser et puis à ce supplice
Mon étrange regret s'attache… Il fallait voir
Cette morbidezza, ce chic, ce nonchaloir,
Et comme il me serrait élégamment la taille ;
Et son cœur sur mon cœur et sa main dans ma main
Et ses yeux se mirant dans mes yeux. Qu'on me raille,
Je veux penser à lui… J'y penserai demain,
Peut-être toujours ! Oh ! sa moustache embaumée,
Le parfum de ses gants high-life, le camée
Finement ciselé qui brillait à son doigt,
En faut-il beaucoup plus pour vous aller tout droit
A ce cœur dont je sens le tic-tac sous ma guimpe !

    (Elle se mire dans la glace ; elle s'éreute)

        MONSIEUR

    (Se levant du canapé)

Voilà l'énervement qui reparaît, qui grimpe
A mon cerveau hanté par cette vision.
Or, serai-je amoureux ? Malheur, illusion,
En ce demi-sommeil à l'allure trompeuse
Maintes fois j'ai revu les traits de ma valseuse,
Ses deux seins palpitants sous le tulle plissé,
Je vis étinceler comme une agate brune
Son regard de sirène !…

    (Il ouvre la croisée et regarde au-dehors)

        Oh ! la splendide lune

Qui sur mon front brûlant ouvre son œil glacé.
La belle nuit d'hiver ! Serait-ce une ironie
Contre un amour nouveau compliqué d'insomnie !

(Il arpente le salon)

Suis-je bien seul ici ?

MADAME

Serait-ce un bruit de pas ?

*(Elle regarde par un bout du paravent et lui par
l'autre bout)*

MONSIEUR

Rien !

(Il revient sur scène)   *(Elle se parfume)*

MADAME

Rien !

(Elle revient sur scène)

MONSIEUR

Décidément je vais le mettre au pas,
O trop sensible cœur épris d'une valseuse,
Et chasser en fumée et réduire à néant
Toute velléité, toute idée amoureuse

(Il prend une cigarette)

Oh! Quelle odeur suave, on dirait un relent
De corolles en rut ; de l'âme parfumée
D'une céleste fleur, du flacon d'une almée
Cet effluve ineffable, émane, sur ma foi !
Qu'importe ! d'oublier je me fais une loi.

(Il allume la cigarette)

MADAME

Mais c'est bien la vapeur du tabac ?

MONSIEUR

Une femme
Seule peut dispenser un tel parfum. Madame,
Entrez donc, s'il vous plaît ?

(Il regarde cette fois par l'autre côté du paravent)

Je ne vois jamais rien.

*(Elle regarde à l'autre bout opposé, à celui où
elle avait regardé la première fois)*

MADAME

Ah ! Je rêve debout. Maudite soit la danse !

(Elle revient sur scène)

MONSIEUR

*(Revenant sur scène et reprenant son claque
sur la console)*

Si l'air du boulevard me faisait quelque bien.
Filons par là.

MADAME

Sortons, il en est temps, je pense.

*(Avant de sortir ils regardent tous deux du même
côté du paravent, côté de la rampe)*
*(Monsieur embrasse la joue de Madame
presque sans le vouloir)*
(Bruit de baiser)
(Madame recule un peu)

MONSIEUR

C'est bien elle !

MADAME

Monsieur !

MONSIEUR

C'est elle !

MADAME

C'est bien lui !

MONSIEUR

(*Monsieur jettant son claque sur le canapé*)

Je croyais mon bonheur à tout jamais enfui.
Mais, puisque le hasard, l'affinité peut-être
Nous a fait rencontrer, il faut nous mieux connaître.
Voici ma main, Madame. C'est votre cavalier
Qui vous l'offre céans, comme son bras naguère !

MADAME

M'embrasser brusquement ! Je ne m'attendais guère...

MONSIEUR

Mais ce baiser n'a rien qui puisse humilier ;
Un baiser malgré lui, comme dirait Molière !
Pour rager il faudrait être folle à lier.
Mes lèvres ont trouvé votre joue. Un atome
Rencontre ses voisins, et si vous saviez comme
Cette chair veloutée à ma bouche a frémi.

MADAME

Vous parlez en amant !

MONSIEUR

Je ne suis qu'un ami,
Qu'en passant enchaîné par la valse à vos charmes
A qui cette rencontre épargna bien des larmes !

MADAME

(*Se rapprochant avec une petite moue et
jouant de l'éventail*)

Vous m'aimez donc un peu ?..

MONSIEUR

Bien plus que vous croyez !
Et si vous résistez il faut que vous soyez
Plus dure que le roc où geignait Prométhée.

MADAME

De ces mots je ne peux que me trouver flattée.

MONSIEUR

J'étais là, soupirant après vous, évoquant
Cette valse qui n'a duré qu'un seul instant.
Je ne vous croyais pas à ce point idéale !

MADAME

Maintes fois on m'a dit cette phrase banale...

MONSIEUR

(lui prenant la main)

Mettez-là votre main. Interrogez mon cœur ;
Que répond-il ?... sinon que l'amour est vainqueur,
Qu'il vient de tressaillir, Madame, à votre image.
Ne le brisez donc pas par un non !

MADAME

Soyez sage !
D'agir ainsi ce n'est ni le temps ni le lieu.
(La pendule sonne deux heures du matin)
La nuit est avancée, il faut nous dire adieu.

MONSIEUR

Vous quitter ! Cet instant fut pour moi trop rapide.
Votre gorge émergeait comme une chrysalide
Des tissus délicats gonflés par votre sein.

MADAME

Mais de me retenir auriez-vous le dessein?

MONSIEUR

Peut-être!

MADAME

Allons Monsieur!

MONSIEUR

Une seule promesse!

MADAME

Laquelle?

MONSIEUR

Dès demain, au sortir de la messe
Loin de Paris, bien loin, je vous conduirai, moi,
Dans une Thébaïde où le silence est roi.

MADAME

Nous verrons.

MONSIEUR

Il le faut, là-bas près d'un village
Qui, sur un fort joli coteau sut se percher,
Dont les blanches maisons, comme un troupeau volage,
Ont l'air d'avoir pour pâtre un ravissant clocher.

MADAME

C'est bien loin de Paris!

MONSIEUR

On ne peut vous y joindre!
Nous oublirons le monde ironique et railleur
Au sein des bois fleuris où l'oiseau babilleur
Rend le cœur plus léger et la névrose moindre.

MADAME

Quel plaisir !

MONSIEUR

Ainsi donc, c'est accordé ?

MADAME

(*Lui prenant la main qu'il baise*)

C'est sûr !

MONSIEUR

Oh ! j'entrevois les prés verdissant sous l'azur,
Le ruisseau réflétant votre beauté divine
L'air tonique des pins gonflant votre poitrine.

MADAME

J'adore la campagne et vous avez mes goûts,
J'ai toujours préféré l'herbe aux tapis de Perse,
A la coupe en cristal d'où le champagne verse,
Et la table frugale aux plus mondains raouts.
Mais j'aime aussi valser...

MONSIEUR

Nous valserons sur l'herbe,
A l'orchestre du soir quand le soleil superbe
Sur les chaumes fauchés étend ses râteaux d'or.

MADAME

Qu'il est charmant !

MONSIEUR

Et vous, vous êtes un trésor,
Une perle d'Ellore, une buire de Sèvres.

MADAME

Moins cher que le baiser imprimé par vos lèvres !

MONSIEUR

O créature exquise !

MADAME

O parfait cavalier !
Je bénirai toujours ce salon, ce sentier
Vrai chemin de Damas où nos deux sympathies
Par le nœud d'un baiser se trouvèrent serties,
Où je vins m'allonger dans un accès d'humour.

(*Le monsieur prend son claque*)

MADAME

Où je me laissai prendre aux pièges de l'amour,

MONSIEUR

Moi guidé par l'effluve...

MADAME

Et moi par la fumée.
Vous serez toujours chic...

MONSIEUR

Et vous toujours aimée !

(*Rideau*)

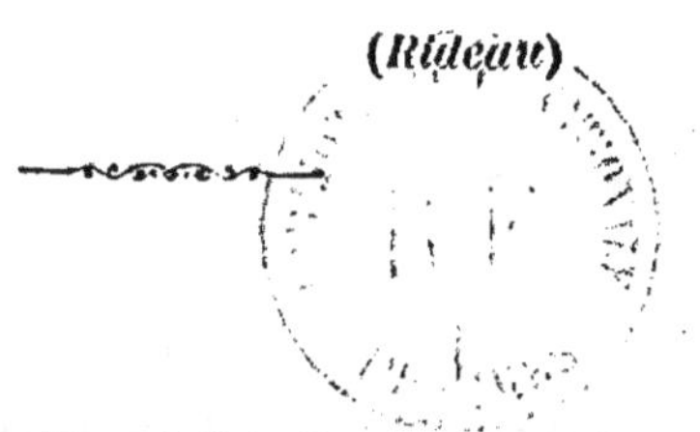

AIX. — Imprimerie H, Bernex, rue Thiers, 22